また猫と

猫の挽歌集

仁尾智

わかるなよ　あなたにわかるかなしみはあなたのものでぼくのではない

残された者になるのを前提に猫との日々を楽しんでいる

飼い主が猫に望んでよいことはもはや長生きだけであること

不謹慎かもしれないが猫の死はひとのそれよりこたえてしまう

僕よりも長生きしない猫といてひとりの頃よりあしたが怖い

「人間で言うと何歳」とか知らん　猫と過ごした日々がすべてだ

「覚悟」だと重すぎるけど据えるべきなにかは据える猫との暮らし

誕生日すらわからない猫なので命日くらい見届けるのだ

何匹も猫を看取ると生きているだけで猫には「えらいね」と言う

九匹の猫というより九つの命とともに暮らしています

里親に猫を出したり看取ったりするとき僕を筒だと思う

増えていく命日たちと生きていく　僕が命日になるまでずっと

猫たちよ　いくつで死んでもいいよ　でも老衰以外で死なないでくれ

猫のすこやかと我が家のおだやかはほぼ正確に比例している

何回も猫を看取って悲しみの種類の多さに気づいてしまう

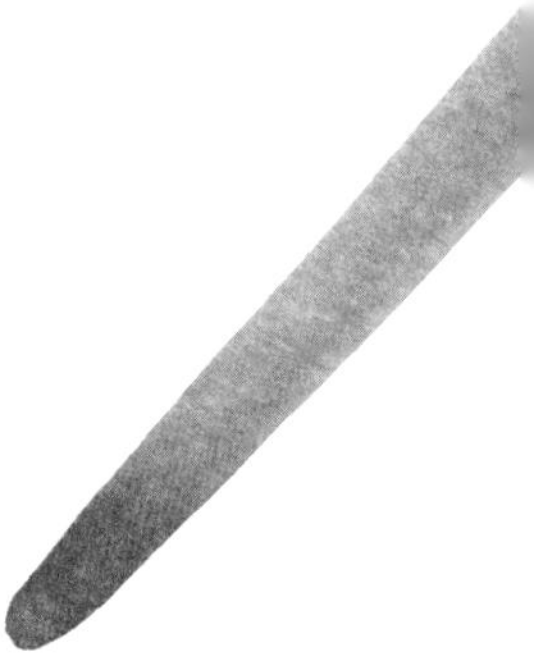

もうなにがあっても「まさか」と思えない猫ばかりだと穏やかになる

何様のつもりだろうか　老猫の心配なんて　わたし風情が

老猫と居て代わり映えしない日が当たり前ではなくいとおしい

ゆるやかというより猫は階段を降りるみたいに衰えていく

長生きは飼い猫がする孝行で「おつかれさま」と言わせてくれる

きれい好きだった老猫に櫛をいれ毛玉をほぐすやさしい時間

ゆすられて迷惑そうな老猫よ　もっと生きてる感じで寝てよ

老猫が寝ている　息をしているか　ついついお腹のうごきを見ちゃう

何歳かわからない老猫といる　平穏な日は平凡じゃない

もう割と寝てばっかりの猫なのにときどき圧倒的に命だ

いくつもの他の病院を通りすぎ猫と僕らの病院へいく

猫の名に名字を付けて呼ばれたら待合室で泣けてしまった

あてになどしていなくても神にではなくても人は祈る生き物

振り向くともうすぐそこにいる　猫の病はだるまさんがころんだ

あの猫と同じ病名を告げられて抜ける力をお腹で止める

先週ののんきな頃に戻りたい　のんきな僕をぶん殴りたい

もっと早く気づけてたらと泣くひとへ　不調をうまく隠すのが猫

後悔と自責の念に襲われる僕に寄り添うように寝る猫

痩せてきた猫が太っていた頃の写真をずっと眺めてしまう

晩年になるほどわかる　食い意地は猫にとっての才能である

食べるとは生きようとする意志　猫が病と闘うようにむさぼる

食欲がない猫がいて「おはよう」の代わりに妻に「食べた?」って聞く

欲しがれば身体に悪そうでもあげる　余命の猫が喜ぶならば

もう食べることも消耗する猫が挑むみたいに向かうエサ皿

できることあるうちはいい　口元に猫の好物を持っていく指

なにひとつ強いられたことのない猫に初めて強いる強制給餌

願掛けの気持ちで多く買ってしまう　病気の猫の流動食を

痩せ細る猫が太っていた頃の写真を直視できなくなった

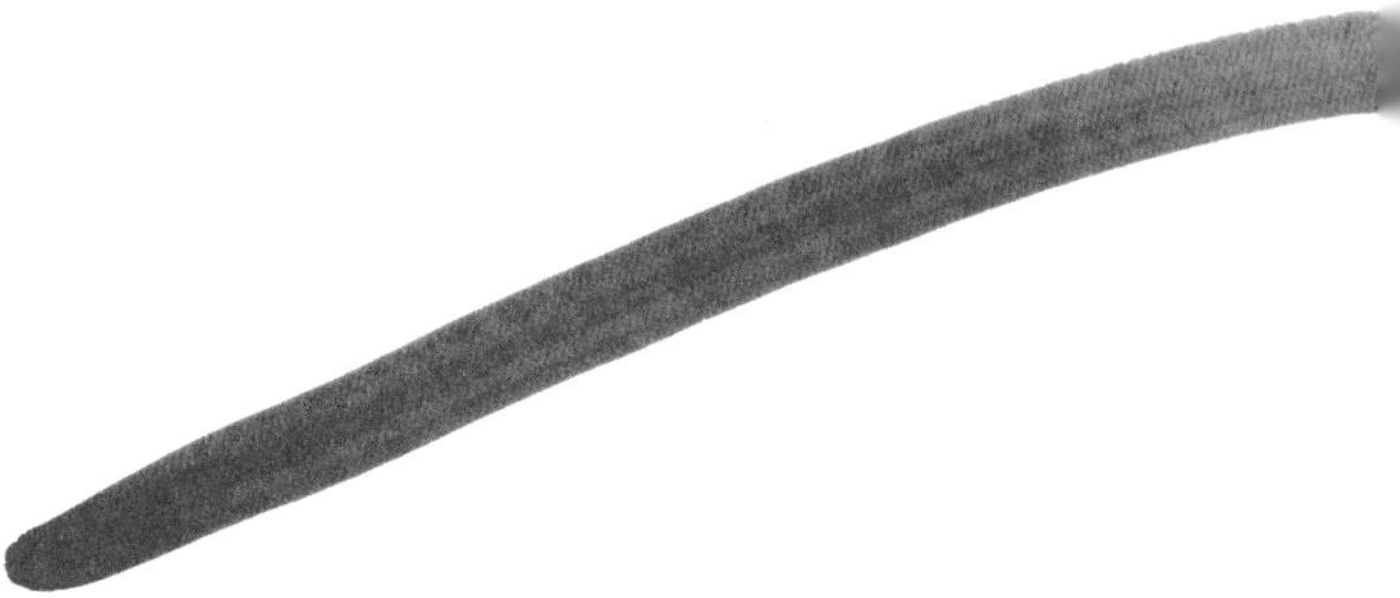

余命とは慈しむため使うもの　寂しくも濃い猫との時間

わびながら猫が嫌がることばかりすることになる病気が嫌い

衰えた猫はやっぱり撮れなくてアラーキーにはなれそうもない

芳しくないとき猫が珍しい場所で眠りたがる　無力だ

闘病の猫がいるとき抑えてる何か以外のたがが外れる

「すこしでも長く」とはもう祈れずに「せめておだやかに」と猫に言う

心臓の鼓動がよだれを拭くために猫を支えた左手を打つ

ぺたんこの猫のお腹が上下する　余命と思い知らされている

しんどいが病気の猫が誰よりもしんどいことも知っててしんどい

生きている営みだけで愛おしい猫　食べる　寝る　出す　鳴く　泣ける

強がりもあるが余命の猫といる時間は僕にやさしくてよい

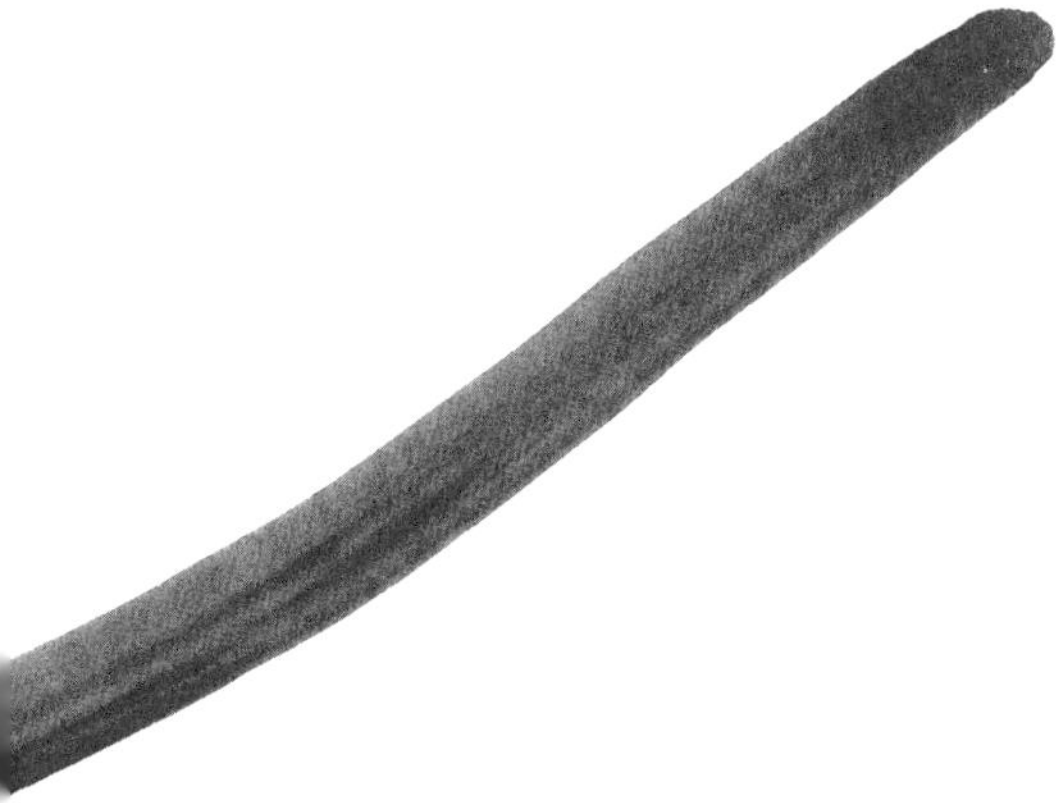

最後まで優しい猫に看病と覚悟ができる時間をもらう

生きようとしている猫を看るうちにゆっくり覚悟ができてしまった

背中っていうか背骨をなでている　もう長くない猫をひなたで

消えそうな命の猫がいるときのしんどさと愛おしさのはざま

長くない猫の寝息を聞きながら迷惑メールを削除している

おそらくは猫が最期に口にする「ちゅ〜る」がいちばんやさしい味だ

寝たきりの猫とふたりで部屋にいる　なんかヒグラシがうるさいねえ

毎晩が峠の猫の寝る部屋の扉を開ける前の一拍

もう長くない猫がいる家にいて落ち着かないけど落ち着かないで

看取るってなんなんだろう　苦しげな猫をなでることしかできない

もう水も飲めない猫に点滴を打つのはたぶん自分のためだ

意識もない猫に最期はついていたい理由をうまく説明できない

待ちわびてないそのときを待つようにもう難しい猫に寄り添う

なにもできないけど　猫よ　ここにいる　ここにいるからここにいるから

気付けないほどの断末魔の叫び　最後まで奥ゆかしい猫だ

そんな死はないと思っていた僕に猫はおだやかな最後を見せる

クリスマスイブを選んで逝ったのだ　天使のような猫だったから

猫は逝くときを選んでいるみたい　脳内で流れる「なごり雪」

三毛猫は死ぬときまでも気まぐれでうまく悲しませてもくれない

愛しくてやりきれなくて愛しくて猫は最後の最後まで猫

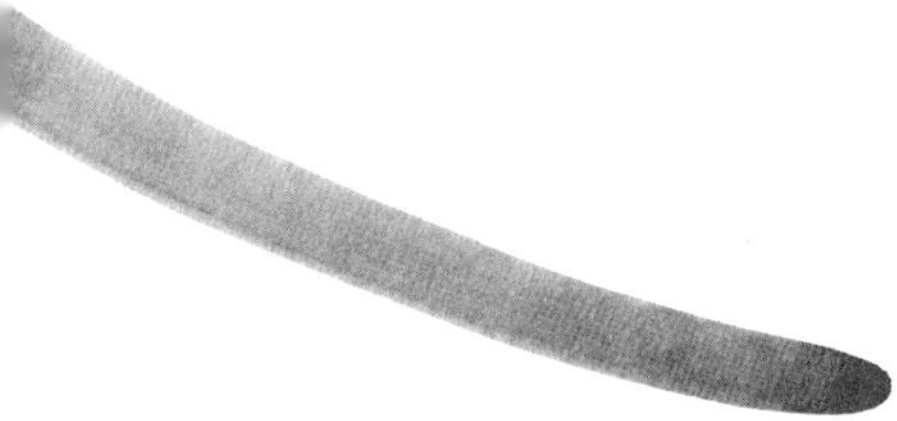

動かない猫に一晩添い寝する　悲しい朝もおしっこは出る

歯を磨く　猫を看取った翌朝も　悲しいけどこれ生活なのよね

亡くなった猫と一緒になくなった　かかってた手も焼いてた世話も

弔いのようにむさぼる　最期まで食べられなかった猫の分まで

下手だった食べかた　じゃれかた　甘えかた　長生きしかたも下手だった猫

面倒見のいい猫が僕を「だいじょうぶ？」みたいに見上げる　だいじょうぶだよ

大丈夫なのだけれども大丈夫なのもこたえる猫との死別

のんびりとした猫だった　最期だけそんなに急いでどこへ行くのか

いるだけで灯りみたいな猫だった　黄色い花を手向けてあげる

僕たちが忘れないよう猫の日を命日としたやさしい猫だ

幸せは前借りでありその猫を看取ってやっと返済できる

やや明るすぎるトーンで話す僕　猫の葬儀の予約の電話

晴れた日の窓辺が好きな猫だから見送るきょうもよく晴れている

ほっとする僕も肯定してあげたい　猫の遺骨を助手席で抱く

起きたけど　いた猫がもういない世界　また起きたけどまたいない世界

割ったから泣きたくなるのではなくて泣きたいときにお皿は割れる

その猫は全部を生きて死んだので悲しいけれど苦しくはない

飼い猫を亡くしたあとは子猫にも「長生きしなよ」と言い聞かせちゃう

好きだったエサ、専用の皿、薬　遺した猫と残された僕

準備する　片付ける　洗う　思い知る　一枚減った猫のエサ皿

「あいつ、もうおらんのだなぁ」どの猫の不在も不意に腑に落ちるのだ

また猫が逝ってしまった　庭になる今年のゴーヤはことさら苦い

気がつくと泣いてる妻に気づかないふりでポケモンGOをしている

この冬はぬくい　看取った猫のぶんコタツに足が入ってしまう

もういない猫がもたれた右腕の重さとあたたかさは幻肢痛

ドアノブが縦のまんまだ　開けられる猫は我が家にもういないのに

猫の命日が三日も増えたのに年賀状など準備している

来年はいい年になれ　いい年の定義は猫が減らないことだ

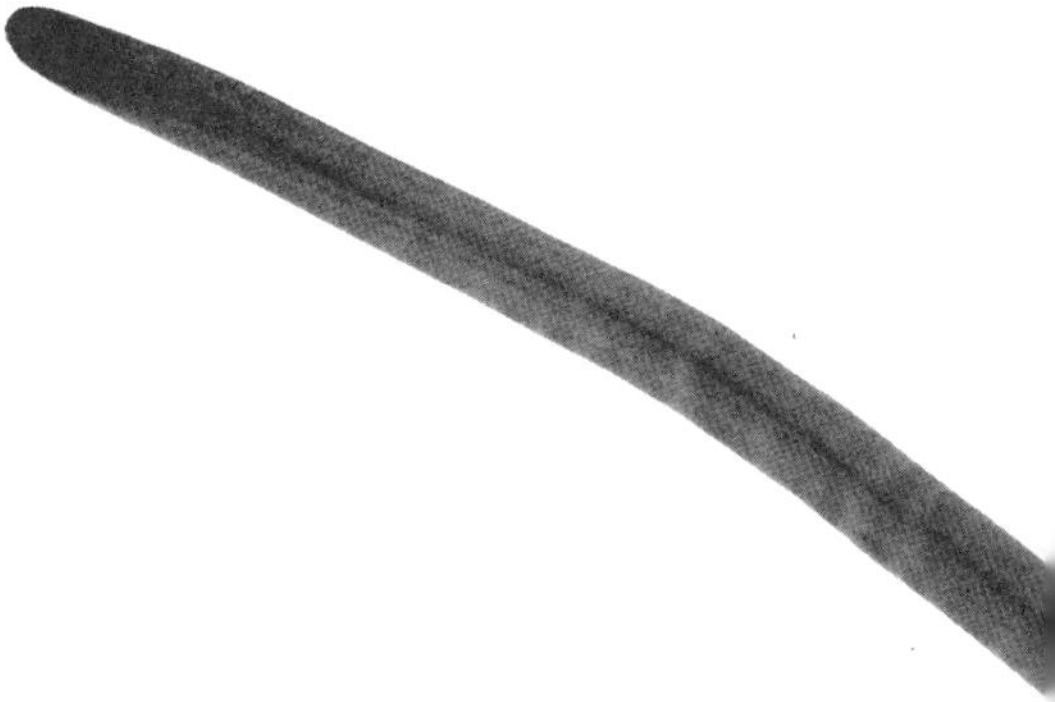

きょうもいい天気　どうして晴れた日は猫を偲んでしまうのだろう

桜咲くまでがんばってくれた猫を桜咲くたび思い出し泣く

写真には残せなかったあの猫の細さは僕の心細さだ

あの猫が遺してくれたさびしさだ　孵化するまではあたためていい

もういない猫の名前で呼んじゃって謝ってから笑って泣いた

生前の猫の写真を眺めてる　サイダーをまたサイダーで割る

思い出すたびに泣いちゃう猫もいる　なんか微笑んじゃう猫もいる

亡き猫を思った顔がほころんでさびしさはいとおしさに孵る

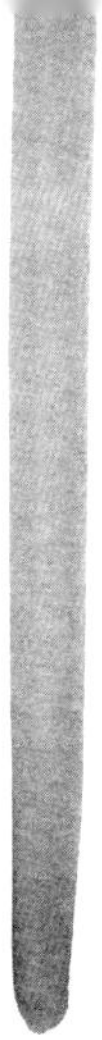

「いいね」には「おつかれさまでした」を込める　猫の訃報を知る投稿の

猫であく穴は猫でも埋まらないけど猫だけが入れるかたち

看取るまでじゃなくそこから立ち直るまでが「猫を飼う」っていうこと

猫を飼うことを勧める　こんなにもつらい別れを知る僕がなお

また猫と　そう思えたらまた猫と暮らす未来のはじめの一歩

著者あとがき

仁尾智

生きていくことの傍ら、猫を保護したり、保護した猫の里親さんを探したり、ときには子猫の一時預かりのボランティアをしたり、という活動をほそぼそとやってきた。もう四半世紀近くそんなことをしているので、その間、たくさんの猫を看取ってきてしまった。

猫を看取るときには、たくさん短歌がうまれる。気持ちが、これ以上になく動くからだと思う。そして、「短歌にする」という行為には、効能があると思っている。

大好きな猫が日に日に衰えていくときや、いなくなってしまったときの吐くような悲しみは、そのたびに短歌にしてきた。「短歌にしてきた」と書くと自発的行為のようだけれど、実際には、悲しみから身を守るように「短歌ができてしまう」というほうが正しい。

悲しみが短歌の形になると、少しだけ自分の中から外に出せたような気持ちになる。逃れがたい渦の中から、一瞬頭を上げて息つぎができる。短歌にする過程やできあがった短歌を目にすることで、自分に起こっている事態を客観視できるのだと思う。つまり、この本に収録されている短歌は「自分が楽になるために書いた短歌」なのだ。たくさんの猫を看取って、そのような短歌が歌集になるくらいたまってしまった。全部僕が僕のために書いた短歌なので、嘘のない歌集にはなっていると思う。

……が、その反面、歌集としてまとめるに当たっては、大いに迷った。「そんな自分が救われるための作品で歌集を?」というわずかながらにあった歌人としての矜持とのせめぎあい。「猫を、しかも猫の『死』を利用していることにならないか」という罪悪感。「猫の挽歌集は、誰かの役に立つかも知れない」という気持ちと「役に立つってなに? 短歌はそんなものじゃないのでは?」という気持ち。また「我が家のように何匹もの猫を看取る悲しみと、例えば幼少期から二十年間一緒にいた一匹の猫を看取る悲しみが同じであるわけがない。悲しみなど共有できないのだから、何かをわかったような顔で本なんて出すべきではないのでは?」という葛藤。

そう、悲しみは共有できないのだ。それぞれが、まったく別の悲しみを抱いている。ただ、「命」を前にしたときの右往左往や詮無い気持ちはみんな同じなのだ、とも思う。「もっと早く気づいてあげられていれば」とか「最後の瞬間に一緒にいてあげられなかった」とか、そうした自責の念や後悔も、多かれ少なかれみんなが抱いている。そして、そういう「同じ気持ち」のほうを共有できる機会は、意外と少ない。もしかして、余白の多い「短歌」という形であれば、その機会になり得るのではないか。最終的には「誰かの役に立つ、というより、回り回って猫のためになるのでは？」という考えに至って、踏ん切りがついた。

この本を読んだ誰かが、少し前を向けて、また猫と暮らし始めてくれたりしたら、この本を作った甲斐どころか、僕が存在した甲斐があったとまで思える。

最後に。

僕の迷いをまるごと引き受けてこの本を世に出してくれたキャッツミャウブックスさんと雷鳥社さん、装丁を引き受けてくれた仁木順平さんには感謝しかない。本当にありがとうございました。

編者あとがき

キャッツミャウブックス店主　安村正也

「うちから何か本を出しませんか？」

たぶん世界初の猫歌人を名乗る仁尾智さんに、どこかに必ず猫が出てくる本だけを置いている猫本専門店オーナーの私が持ちかけたのは二〇二二年の暮れのこと。

「猫の挽歌集を出したいんですよね」

彼が即答した挽歌集とは、つまり猫の死を悼む短歌だけを集めた歌集ということだ。あまりポピュラーなテーマではないので、猫本専門店から発信すれば、読んでほしい層に届きやすいのではないかということらしい。

猫を飼う人はますます増えているが、通常は猫の寿命の方が短く、飼い主は愛猫に先立たれることになる。一方で、猫の長寿化に伴い、死別に関する猫本のテーマも、かつて主流だった【ペットロス】から、近年では【終活】【介護】【看取り】などに特化・分化してきている。とは言え、それらの書籍からは猫の一生における個々の場面でやるべきことや心構えは学べるものの、亡くした後の「誰にも言えないし、言いたくない、でも誰かに分かってほしい」という複雑な心情を代弁してくれる本はなかなか見つからない。そんな声を当店に来られるお客様からも耳にしていた。

猫と暮らしている方であれば、愛猫の闘病中はもちろん、元気な時でさえ、猫の看取り話を聞いたり読んだりするのは辛いはずだ。その反面、看取りの前後でそうした話に触れると、「みんな同じなんだな」と少しだけ気持ちが楽になることもある。

かくいう私も、二〇二三年の春に二名の店員猫を相次いで亡くしたのだが、その直後から、ずっと読めなかった猫の終活や看取りのエピソードを号泣しながら読み始めた。そのなかで特に、この歌集にも収められている一首に救われ、結果的に、里親として新たに二名の保護猫を迎え入れることになった。

「挽歌集、ぜひ出しましょう！」

猫歌人の構想に私も即答した。看取りの状況もその前後に抱く感情も人それぞれなので、他者が分かったような振りをすることはおこがましいと感じている。逆を言えば、他者から分かったように振舞われたくないとも思っている。二〇一七年に猫本専門店をオープンして以来のつきあいである彼も、同じ感性を持っていると信じていたので、迷うことは何もなかったのである。

これをあとがきに書く私もどうかと思うが、この猫の挽歌集は、今すぐには読めなくても、読めると思えるまで、常備薬のように本棚に並べておいていただくだけで構わないような気がしている。ただ、「本当はまた猫を飼いたいのに、しんどいのでもう飼えない」という思い込みをお持ちだったら、お読みになった後にそれを拭い去って、里親を待っている保護猫に手を差し伸べるきっかけにしていただけると嬉しい。

本書は、当初キャッツミャウブックスの刊行物として出すつもりだったが、猫歌人と猫本専門店の想いに共感してくださった雷鳥社さんから出版されることになった。それによって、より広く、より多くの方々のお手元に届くことを強く願う。そして、みなさんが心に同じことばを思い浮かべることを。

「また猫と」

初出一覧

枡野浩一のかんたん短歌blog
p. 3

いまから猫のはなしをします
（エムディエヌコーポレーション）
p. 7, 8, 33, 34, 35, 39, 49, 105, 129, 131, 140, 147

猫のいる家に帰りたい
（辰巳出版）
p. 13, 18, 19, 21, 137

「ねこのきもち」ふろく「二十二箋」
（ベネッセコーポレーション）
p. 29, 106

弦　49号
（弦短歌会）
p. 36

これから猫を飼う人に伝えたい10のこと
（私家版）
p. 63

これから猫を飼う人に伝えたい11のこと
（辰巳出版）
p. 113

猫びより　2022年5月号「猫のいる家に帰りたい」第35回
（辰巳出版）
p. 136

猫びより　2021年9月号「猫のいる家に帰りたい」第31回
（辰巳出版）
p. 139